Para Olivia, mi genio femenino, a nuestro amor
y a nuestro pacto por la vida

A.B.

El pachá
que se aburría

André Bouchard

S
xz
B

EDELVIVES

En la lejana ciudad de Sandrilhá vivía un rico pachá,
un rico pachá que se aburría.

A pesar de vivir en un suntuoso palacio de cúpulas
plateadas, con estatuas de bronce en cada rincón;
a pesar de los jardines colgantes, de los autómatas
de oro con forma de pajarillo que cantaban
al vuelo arias de ópera; a pesar del agua caliente
y la calefacción en todas las estancias...

El pachá tenía sirvientes, esclavos, chambelanes, ministros y niñeras, y todos ellos se postraban a sus pies.

De misteriosos países de occidente llegaban funambulistas, payasos, malabaristas, bailarines, bailarinas y compañías de teatro que exhibían su talento para sacarlo del letargo. Y pese a todo, ¡el pachá se aburría!

Una noche en que Sherezade le contaba un cuento antes de dormir,
el pachá ordenó:

—Traed ante mi presencia al genio mayor del reino.
¡Inmediatamente!

Apenas había pronunciado esas palabras cuando entró en sus
aposentos un genio sobre una alfombra voladora.

—Genio, ¡estamos hasta el turbante de aburrirnos! ¡Diviértenos,
apasiónanos! ¡Utiliza tu magia! Transforma el sabor a rabanito
amargo de nuestra vida y dale el dulzor de la compota de mango.
¡Date prisa! ¡Estamos impacientes! —exigió el pachá, que, en lugar
de decir «yo», hablaba siempre de él como si fuera un «nosotros».

—El origen de tu pesar, pachá, está en que vives en las nubes. ¡Yo te
haré poner los pies en la tierra! —aseguró el genio con una sonrisa.

Al momento, el escenario cambió. Un callejón sucio y oscuro sustituyó los fastos de palacio. El pachá, por su parte, vestía ropa usada y polvorienta. Una vulgar amalgama de harapos, que caía hecho jirones sobre su cabeza, había remplazado el precioso turbante de raso bordado en hilo de oro. Ni que decir tiene, querido lector, que con esos harapos se había vuelto irreconocible.

—¿Dónde están mis esponjosos cojines, mi ropa de seda, mis sábanas de felpa, mis centelleantes collares y mis anillos de oro de 18 quilates con su sello de calidad? ¿Y mis babuchas ultraconfort que me costó una fortuna traer del lejano país de Charente?

Tan absorto estaba que casi no se dio cuenta de que un caballero,
lanzado al triple galope, arremetía contra él. El pachá tuvo el tiempo
justo de lanzarse al suelo y evitar que el jinete lo aplastara.

—¡Canalla! ¿Cómo te atreves? Vuelve aquí, ríndenos pleitesía e implora nuestro perdón; si no, te cortaremos el bigote, las orejas y la cabeza. ¡Así aprenderás! —le gritó al caballero.

Al oír estas palabras, el jinete dio media vuelta y lanzó su montura en dirección a aquel tipejo gordo e irrespetuoso.

—¡Arrástrate por el polvo hasta nuestros pies, si quieres obtener nuestro perdón! —tronó de nuevo el pachá.

—¡Miserable pordiosero! ¡Te vas a enterar de cuál es el pago por amenazar al poderoso Abu-Giafar-Abdalá Al-Mansur! —bramó el caballero, blandiendo su sable.

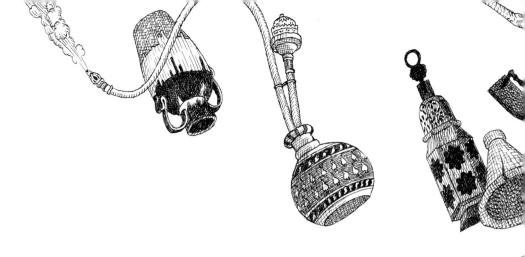

El pachá, que había olvidado que ya no parecía
un pachá, desafiaba con la cabeza bien alta al caballero,
que se acercaba peligrosamente.
Abu-Giafar-Abdalá Al-Mansur, con el rostro
crispado de cólera, ya se disponía a golpearlo cuando,
de repente, recibió un cacerolazo en la cabeza,
luego un babuchazo y, después, todo un juego de té.
Al fin, una lluvia de extravagantes objetos
acabó por estamparse contra él.
Derribado, el jinete puso pies en polvorosa bufando,
maldiciendo y refunfuñando.

Hombres, mujeres, ancianos y niños acudieron hasta allí para mostrar su alegría.

—¡Has sido muy valiente al enfrentarte a ese patán, amigo! Hablaste en nombre de todos, y te estamos muy agradecidos. ¡Tu audacia y tu osadía han inflamado nuestros espíritus! —le reveló uno de aquellos hombres al pachá.

—¡No aceptamos que nos asusten, nos maltraten o nos insulten! ¡Lo mismo da que se trate de un señor o de un rico mercader! —contestó el pachá, que seguía hablando por él mismo. Sin embargo, para los presentes ese «nos» no se entendía como un «yo» del pachá, sino como un «nosotros, los pobres». Aunque de eso ya te habrás dado cuenta tú, querido lector.

—¿Cómo te llamas, amigo? —preguntó el hombre.

— ¡A…! ¡A…! ¡Achís…! ¡A…! —estornudó el pachá, que era alérgico al polvo.

—¡Viva Ahchisá, el defensor de los pobres! —gritó el hombre dirigiéndose a los congregados.

—¡Viva Ahchisá, el libertador del pueblo! —corearon los habitantes del barrio, arremolinados junto al pachá.

—¡Viva vosotros! —prorrumpió el pachá, divertido con toda esa gente que lo festejaba. Y, acostumbrado a que lo adulasen y a aprovechar cualquier ocasión de autoalabanza, añadió—: ¡Viva nosotros!

Un pequeño grupo cogió en volandas al pachá y comenzó a pasearlo por las calles de la ciudad coreando a voz en grito:

—¡Viva nosotros! ¡Viva el pueblo! ¡Viva Ahchisá, nuestro libertador!

Los habitantes de Sandrilhá, todavía medio dormidos, salían de sus casas para unirse la alegre comitiva.
El cortejo no dejaba de aumentar a medida que avanzaba.

—¡Viva Ahchisá, el libertador! ¡Viva Ahchisá, el amigo del pueblo!

El clamor resonaba cada vez con más fuerza, se alzó sobre las casas y llegó hasta las más altas torres de palacio.

Encaramados a uno de los 1523 balcones
de palacio, el gran chambelán, el bey
y el secretario del pachá observaban
contrariados la agitación que llegaba
de la ciudad.

—Me pregunto qué estarán tramando
—murmuró el bey.

—¡Me temo que asistimos
a un levantamiento popular!
—musitó el gran chambelán.

—¡Organicemos una reunión plenaria!
—propuso el secretario.

—Hay que despertar al pachá
—concluyó el bey.

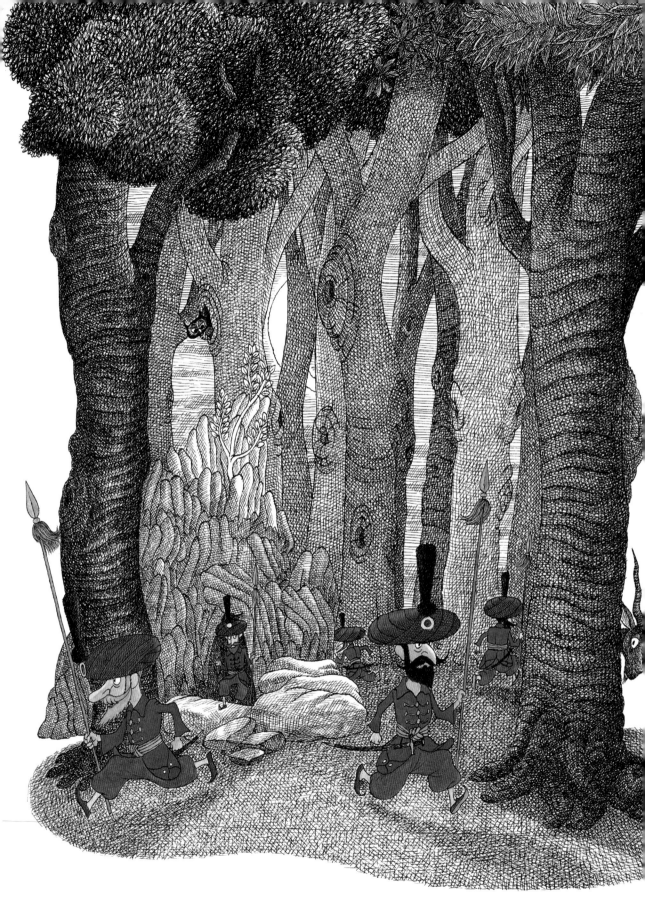

En ese momento, se postró ante los tres hombres un sirviente sin resuello, fatigado de atravesar a la carrera pasillos y escaleras.

—¡El pachá ha desaparecido! ¡No está en la cama, ni en el vestidor, ni en el *hammam,* ni en los jardines colgantes, ni en el baño, ni en la cocina, ni delante del televisor!

—¡Ha huido! —exclamó el bey.

—¡Nos ha abandonado frente al pueblo sublevado! —se indignó el gran chambelán.

—¡Hu… hu… huyamos nosotros también! —balbucearon los tres altos cargos antes de salir pitando y pisotear al sirviente, que aún seguía postrado.

El gran chambelán, el bey y el secretario se esfumaron por un largo pasadizo que los condujo al corazón de un espeso bosque. Los guardias y los húsares, que tampoco querían arriesgar su vida por un cobarde pachá, siguieron su ejemplo y desalojaron el palacio por el mismo camino.

—¡Estamos hartos de vestir con andrajos! ¡Queremos ropa de seda, babuchas forradas con piel de vientre de cibelina! ¡Queremos embriagarnos con el perfume del jazmín que florece en los jardines colgantes de palacio! ¡Queremos sentir cómo el mármol de los baños nos refresca la planta de los pies! ¡Queremos... queremos... queremos ir a palacio! —gritó el pachá, que seguía hablando por él.

—¡Viva Ahchisá! ¡Tomemos el palacio! ¡Ahchisá, al poder! ¡Ahchisá, a palacio! ¡Ahchisá, pachá! ¡Ahchisá, pachá! —profirió la multitud, cuyas reivindicaciones comenzaban a adquirir un tono francamente revolucionario.

La multitud llegó sin obstáculos a las puertas de palacio. No enviaron a ningún húsar para frenarlos ni se lanzó ningún proyectil desde sus muros.

—¡Está abierto! —resopló alguien, mientras empujaba la gigantesca puerta batiente.

—¡El palacio está desierto! —exclamó otro que acababa de asomar la cabeza al interior.

—¡Entremos en nuestro palacio! —gritó el pachá, encantado de encontrarse de nuevo en su «hogar dulce hogar».

—¡Eso! ¡Entremos en NUESTRO palacio! —repitió la multitud.

Así fue como los habitantes de la ciudad pudieron gozar de
los lujos de palacio, de su arquitectura grandiosa,
de los frescos y de las pinturas suntuosas, de las
imponentes esculturas, de las tapicerías de vivos colores,
del frescor y la fragancia embriagadora de los jardines...

Anduvieron por todas partes, exploraron los más mínimos
recovecos.

Luego se reagruparon en las cocinas, donde la abundancia
de provisiones podía satisfacer el apetito de varias
centenas de invitadas e invitados hambrientos.

Se desplumaron aves de corral, se asaron corderos,
se rellenaron pescados y se prepararon las verduras
del huerto de palacio.

Para terminar, echaron mano del recetario personal de
postres del pachá: *Mil y un trucos para engordar con placer.*

—Y bien, mi querido pachá, ¿sigues aburrido?
—preguntó el genio, que acababa de aparecer.

—¡En absoluto, querido genio! —respondió el pachá.

—Y ¿no echas de menos a tus sirvientes?

—Pues no mucho; como puedes observar, querido
genio, si bien he perdido a mis sirvientes, ¡he ganado
amigos! —replicó el pachá con una gran sonrisa.

—Percibo un gran cambio en ti.

—¡Ah! ¿De veras? ¿Quizá he adelgazado un poco?

—Ya no escucho un «nosotros» cuando hablas
de ti. ¡Ahora dices «yo»! ¡Te has convertido
en una persona!

—Gracias, querido genio. Has cumplido a las mil maravillas
tu misión.

—¡Loor y gloria a Ahchisá, el nuevo pachá! —soltó el genio
mientras salía por la ventana sobre su alfombra mágica.

Ahchisá, que así es como hay que llamar a partir de ahora
al pachá, querido lector, avanzó hasta el balcón y despidió
con la mano al genio, que se alejaba en la oscuridad.
Un clamor inmenso se alzó desde la calle.

—¡Viva Ahchisá, nuestro pachá! —gritó la muchedumbre
congregada al pie del palacio, en busca de un gesto
de su pachá.

Ahchisá, esta vez sí, se asomó y saludó a la multitud...

... y después se fue a la cocina para ayudar a lavar los platos.

Traducido por Virginia Fernández de Heredia Rubio

Título original: *Le Pacha qui s'ennuyanit*
© Éditions du Seuil, 2016
© De esta edición: Grupo Editorial Luis Vives, 2016

Edelvives Talleres Gráficos. Certificado ISO 9001
Impreso en Zaragoza, España

ISBN: 978-84-140-0547-7
Depósito legal: Z 935-2016